LE PETIT HOMME ROUGE,

Suivi de ces trois autres pièces :

ADIEUX DE BUONAPARTE ;

LITANIES DES AGONISANTS,

ET

RÉVEIL D'UN NOUVEL ÉPIMÉNIDE,

après deux ans de sommeil.

A PARIS,

Chez { BECHET, Quai des Grands-Augustins, près du Pont-Neuf.
{ EBERHART, rue du Foin St.-Jacques, n. 12.

LE PETIT HOMME ROUGE.

IL était nuit, et Napoléon tenait conseil, lorsqu'un petit homme rouge se présente au vestibule de son palais; il frappe : on ouvre. Il touche dans la main d'un garde; le garde pousse un cri qui retentit dans tout le château. Il était brûlé, et la douleur était pénétrante. Roustan, qu'on a cru mort, accourt comme un chien fidèle, saisit l'homme; mais les étincelles qui jaillissent de ses yeux, lui sillonnent le visage. Le mameluk rugit et laisse entrer l'homme de feu. A sa vue, Napoléon cache avec effort le trouble de son ame; il congédie son conseil : il veut être seul. Mais un chambellan curieux se blottit derrière une tapisserie et entend tout.

« Le jour des destinées est arrivé pour toi, lui dit le Génie, tu dois descendre avec moi dans les enfers. Ta tâche est plus que remplie. Malgré tous les aggrandissemens qu'ont faits dans les sombres manoirs les architectes infernaux, nous ne pouvons plus suffire à la multitude des logemens. Il faut que les enfers soient peuplés; mais il est de notre intérêt que la terre le soit aussi. Dans quatre mille ans, nous ferons naître un second Buonaparte ; mais instruits par l'expérience que nous venons de faire, nous voulons qu'il soit comme toi le génie du Mensonge, mais avec moins d'effronterie, et que l'organe de la destruction soit en lui moins prononcé.

Au même instant arrivent deux espions de l'ogre d'Ajaccio, car il n'a plus de courriers. Ils sont tous hors d'haleine, et ne savent par où commencer. L'empereur de Russie...., le corps municipal de Paris....., le sénat....., le peuple...., la cocarde blanche...., l'Opéra...., les affiches....—Eh bien, eh bien ?—Les puissances ne traitent plus avec vous. On porte aux nues l'empereur Alexandre, qu'on trouve cent fois plus grand que celui que Macédoine, l'un de ceux que, dit-on, vous vouliez *singer*. Excusez, Majesté, si j'ose répéter aux pieds du Trône, une expression si triviale. Il faut que les circonstances soient bien fortes pour que je permette de vous dire la vérité, car nous autres M...., nous sommes plus sujets à l'entendre, qu'accoutumés à la dire.

Toute votre bonne ville de Paris, excepté quelques personnes à qui nous donnons de fausses nouvelles, de fausses craintes, est retournée comme un gant. Excusez encore ce proverbe à la Sancho, car j'ai toujours eu un faible pour vous et pour don Quichotte. —

Et le Sénat? Le Sénat, qui avait mis la couronne sur votre tête (ou plutôt c'est vous qui l'y avez mise) a saisi l'occasion de vous l'arracher...., avec un *considérant* qui montre combien peu il avait pour vous de considération.

Par le même sénatus-consulte il rappelle l'armée. On pleure, on rit; c'est une joie, un attendrissement.... — Chut! — Toute précaution serait inutile. Rien ne peut empêcher la publication de ce décret. Il est expédié par plus de courriers que vous n'avez désormais de soldats. L'ennemi lui-même l'a fait connaître par des parlementaires à toutes les places fortes qu'il bloque; vos maréchaux l'ont reçu malgré vous; et je le prévois trop, et par devoir et par goût, il vous abandonneront aussi.

Napoléon s'arme de son masque triplement impénétrable, et rassemble son conseil. Le Génie infernal qui réclamait sa proie ne put s'empêcher de sourire au discours que tint le héros; à l'aspect des nombreux paquets de décorations qu'il entassa, des nouvelles distributions de grades et créations de dignités. Il se rappela ce moment affreusement risible, où sa Majesté nommait maréchal de l'empire le malheureux Poniatowski, qu'elle devait faire noyer deux jours après; et cet entretien qu'elle eut avec les braves Polonais devant Hanau : *Votre prince sera arrivé avant nous à Paris ;* ou lorsqu'elle disait au maréchal du palais, Duroc : *Nous nous reverrons dans une autre vie,* et qu'elle faisait dire à celui-ci : *Je vous attends dans trente ans, lorsque vous aurez vaincu et humilié tous vos ennemis.*

On rassemble les tristes restes de tant de braves. Le Mensonge porte la parole. La bravoure, toujours sans défiance, se sent un nouvel accès de fureur guerrière Mais, ô bonheur qui va sauver tant de héros! la Vérité fend les rangs ; les maréchaux eux-mêmes en sont les organes. On s'écrie : *L'armée est rappelée par le sénat.* On s'embrasse, on verse de douces larmes. Le spectre s'approche et veut entraîner le Corse. Mais le Corse se débat. La Mort et l'appareil des Euménides le glace d'épouvante. *Mais comment fuir,* s'il est abandonné à lui-même, s'il n'a plus que deux bras à lui?

Il appelle encore à son secours son premier Ministre ; le Mensonge accourt et fascine encore les yeux de quelques Séides, et voilà le grand Napoléon, naguères le maître du monde, ne comptant plus sous ses drapeaux que quelques centaines de palfreniers, de marmitons, de Mameluks, etc. *Mais où fuir?* par où s'ouvrir un passage *?* Par les Ardennes? par la Bourgogne? par la Lorraine? par l'Orléanais? par la Tourraine *?* Mais tout est plein de ses ennemis. Etrangers et Français, tous conspirent sa ruine; tout l'enfer est déjà dans son cœur. Il tombe d'épuisement et de lassitude. Morphée vient le bercer un moment par un rêve. Le grand empereur *songe* qu'il est beau d'avoir fait gratter le Louvre, d'avoir fait entasser tant de pierres les unes sur les autres, et qu'à ce titre il entre dans les Champs-Elysées. Mais huit millions d'ombres errantes, Français, Russes, Italiens, Allemands, retiennent ses pas. Il croit reconnaître les quatre ou cinq grandes armées qu'il sacrifia successivement. Il avait pris un air rayonnant qui trompa un instant la multitude. Mais MALET, le général MALET, qui voit près de lui Bouffe-la-Balle, lui arrache le masque. A cet horrible aspect, toutes les ombres poussent un cri. Le tyran se réveille. Fuyons, s'écrie-t-il, fuyons vers nos trésors. Des vaisseaux nous attendent, la saison est favorable. Teucer et ses camarades, partant de Salamine, étaient moins nombreux que nous, et ils n'avaient pas à bord des millions et les diamans d'une couronne de France. Partons, la nuit protégera notre course, nous ressemblerons un peu à des bandes de voleurs et d'assassins, mais en grand, qu'étions-nous autre chose ? Marchons.

Mais quel bruit ! quels murmures ! quel tumulte de toutes parts ! Les vents sifflent ; les houras se multiplient dans toutes les directions ; le toscin sonne. Les Français, déliés du serment qui les attachait à lui, voudraient tous ramener à Paris les belles tapisseries des Gobelins, et présenter à leur bon roi, Louis XVIII, le Régent et autres diamans de la couronne. Déjà d'heureuses nouvelles se répandent.....

P. S. Tous ces trésors sont rentrés à Paris.....

ADIEUX

DE BUONAPARTE.

La force armée est essentiellement obéissante.

Nos braves, qui firent toujours des prodiges de valeur, qui ne comptèrent jamais le nombre, et qui étaient invincibles si leur sang n'avait trop été prodigué.... ne surent, et ne durent jamais qu'obéir. Ils furent également grands sous Louis XIV, sous la République, sous *le Robespierre à pied* et sous *le Robespierre à cheval*. Ce n'est point à eux à discuter, à parler, mais à agir. Et Louis XVIII retrouvera des soldats dans les phalanges de Marmont, de Magdonal, de Ney, de Suchet, d'Oudinot, etc. etc. ; car leurs noms sont encore plus grands que les titres dont ils sont décorés.

Buonaparte, dont la dissimulation constitue le trait principal de son caractère, et prépara presque tous ses succès, feint d'ignorer la révolution qui s'était opérée dans la capitale. *Sire*, lui dit-on, *il faut abdiquer ; c'est le vœu de la France.*—Est-ce l'avis des Généraux ? — Ainsi le tyran mettait l'avis de quelques hommes au-dessus de celui de vingt-cinq millions d'hommes. Quel mépris de l'espèce humaine ! — Oui, Sire, lui répondent les Généraux : l'opinion publique est notre règle. — Est-ce le vœu de l'armée ? — Ainsi le tyran méconnaissait l'autorité des Généraux qu'il venait à l'instant même de reconnaître. Quelle hypocrisie, quelle impudeur ! Ainsi le tyran ne voulait plus compter pour rien l'opinion de la Nation Française et des chefs de l'armée. Il n'admettait plus que l'autorité (*essentiellement passive*) des bayonnettes.

Buonaparte ne perd point courage, tant qu'il espère le bonheur de pouvoir faire encore sacrifier des hommes. Il veut partir avec vingt-mille hommes pour aller rejoindre le prince Eugène en Italie (*). Le furieux ! que de braves il irait encore immoler ! que de villes, que de villages il irait encore tromper, piller, brûler !

Rappellerai-je cette scène où j'aurais voulu voir assister tout le genre humain, cette scène où le maréchal Lefebvre paraissant devant l'ex-Empereur, lui dit d'un ton animé : « vous êtes perdu. Vous n'avez voulu écouter aucun de vos serviteurs ; le Sénat a prononcé votre déchéance. ». A ces mots, le tyran se trou-

(*) Mais ce héros a rompu tous les nœuds qui s'attachaient à lui.

bla, pâlit et répandit un torrent de larmes.

DE LARMES!

Il a donc pleuré une fois, celui qui vit d'un œil serein l'Europe inondée de sang, qui fit brûler à Moscou l'asile de sept cents mille ames ; qui, tous les matins, dans sa retraite de Russie, incendiait quarante à cinquante villages ; qui envoyait ainsi sans pain, sans vêtement, des milliers de vieillards, de femmes, et d'enfans à la mamelle, coucher sur la neige sous une température de 18 à 20 degrés au-dessous de glace ; celui qui riait de nos larmes et de nos angoisses !

Buonaparte a pleuré, mais ce n'est point sur nous ; c'est du désespoir qu'il a de ne pouvoir nous faire pleurer encore. On l'a vu, le 29 mars, rôder autour de Paris, le fait est authentique : s'il avait pu entrer dans les catacombes!.... il en avait les clefs.... si M. Lescour avait exécuté l'ordre qui lui fut remis de faire sauter, à Grenelle, quatre cents milliers de poudre, et soulever une colonne d'air qui eût ébranlé tout Paris ! comme il aurait ri de voir sauter, manœuvrer dans les airs sa bonne ville avec tous les crédules et les incrédules ! Buonaparte pleure. Malheur à celui qui le plaint ! Comme lui il est sans entrailles. Il n'est ni père, ni frère, ni époux. Il n'a ni parents, ni amis sur la terre : il désire la ruine du genre humain.

Sans doute, la chûte de Nicolas ou Maximilien Buonaparte est horrible.

> Pareil au cèdre, il cachait dans les cieux
> Son front audacieux.
> Il semblait à son gré gouverner le tonnerre....

Un aurore boréale paraît.... bientôt, c'est un soleil qui ranime toute l'Europe, sur qui le faux Napoléon étendait un voile de deuil. Tout les jours il devient plus grand, plus majestueux, tandis que le Génie du mal.... mais où me laissé-je entraîner ?

Ce sont les Adieux de Buonaparte qu'il me reste à donner. Ses ADIEUX ! Son buste, descendu de la place Vendôme, va les faire pour lui. Il va traverser la France, l'Allemagne, une partie de la Russie. Il va saluer les flots encore tout ensanglantés de la Seine, de la Marne, de la Moselle, du Rhin, de l'Oder, de la Vistule, du Niémen, de la Dwina, du Boristhène ; ou plutôt il va recevoir pour lui les éternels adieux de tant de peuples divers si longtemps ravagés et si indignement sacrifiés. Quelle innombrable affluence de toute parts ! quel concert de bénédictions pour Alexandre !

Quant à Buonaparte lui-même, il fuit, il ne peut plus tromper. Il n'a donc plus de ré-

compenses à distribuer, de paroles à ajuster....
Il n'a donc point d'adieux à faire. Il n'aime
que lui.... il reste seul. Tout est fini pour lui....
la vertu respire. Vive Alexandre, il est l'Alpha
et l'Oméga de l'heureuse contre-révolution
qui délivre le genre humain, tarit la source
des pleurs, ramène la vertu, le commerce,
les arts, la joie et la prospérité sur cette belle
partie de notre hémisphère.

En partant, le tyran a répété, dit-on, ce
propos : *Le dernier homme et le dernier écu
m'appartiennent.* Et l'on m'offre six millions!....
six millions pour moi qui ai mangé

Deux milliards de biens nationaux,

Un milliard de cautionnemens,

Six cents millions de biens communaux,

Dix à douze fois quinze cents millions
d'impôts,

Sans parler des épouvantables contribu-
tions que j'ai depuis 20 ans frappées sur l'é-
tranger, etc. etc.

ET DES HOMMES ! on n'en laisse pas un seul
à ma discrétion, à moi qui tous les ans en
consommais sept ou huit cents mille, français et étrangers,

Et dévorais la subsistance de sept à huit
millions d'autres.

Traiter de la sorte Sire Grand-gosier, le
géant des Gargantuas , n'est-ce pas

En effet le renvoyer nu
Comme de Corse il est venu,

et le condamner à mourir d'inanition ?

LITANIES

DES AGONISANS.

Des accès convulsifs excités tantôt par l'aspect de la solitude; tantôt par la présence des hommes : tels sont les principaux caractères de la maladie, qui retenoit à Fontainebleau *Napoléon Buonaparte, ex-Empereur des Français et Roi d'Italie, Protecteur de la confédération du Rhin, Médiateur de la confédération Suisse, etc. etc. etc.*

Il est parti, mais son état ne s'est point amélioré. Il a cependant beaucoup de moments lucides, où il paroît détrompé de toutes les illusions humaines. La miséricorde de Dieu est grande, qui oserait lui tracer des bornes ? j'ose soutenir contre l'opinion publique qu'un bon *peccavi* pourrait sauver des flammes éternelles ce fondateur d'une quatrième dynastie. Seigneur vous ne rejetteriez point un cœur contrit et humilié : *cor contritum et humi-*

liatum, Domine , non despicies. Or Napoléon, d'autres disent Nicolas, ou Colas Buonaparte a fait une chûte qui l'a contus, contrit, brisé, moulu. *Comment es-tu tombé de si haut, Lucifer?* s'écrient tous ceux qui le regardent, et ils balancent entre la pitié et l'indignation. En effet venez et voyez; vous que transporte contre lui un zèle effréné, voyez ce qu'il fut, et ce qu'il est. *Humilié!* aucun mortel peut-il l'être davantage? il cachait sa tête dans les nues, du pied il entr'ouvrait les enfers ; mais un grand, un grand *meâ culpâ* ne pourrait-il pas purifier ce colosse sanglant, ce cœur gangrené de forfaits?

Ecoutons ses LITANIES, et ne désirons pas la mort du pécheur.

Seigneur, ayez pitié de moi, car vous avez déjà eu pitié des autres, lorsque de moi vous les avez délivrés.

Jésus, ayez pitié de moi, car c'est pour les autres que vous avez versé tout votre sang, tandis que moi, j'ai conservé tout le mien pour faire verser celui des autres. Quelle gloire pour vous si vous m'arrachez des griffes de Satan!

Satan ! je vous promets le grand Cordon de la Légion d'Honneur.

Sainte Marie, mère de Dieu, priez pour moi.

Il y a quelques jours, je voulais qu'à votre place on invoquât la mienne ; et c'était tout simple, puisque je me croyais Dieu moi-même, et sans la queue de George, de Pichegru, de Malet, qui me fesait craindre de trouver des Callisthènes, déjà vingt fois je me serais fait adorer comme tel. Je m'entendais déifier à chaque pas en vers et en prose.

Sainte Vierge, priez pour moi. Ah ! vous exaucerez ma prière, car j'ai peuplé l'Europe de Vierges, si elles ont pris leur état en patience, ce ne sont point onze mille, mais onze millions de vierges que je vous ai faites.

Saint Abel, priez pour moi. Ah ! si Caïn avait dit son *confiteor,* quel appui j'aurais dans le Ciel. Je fus le Caïn de ma famille, et j'avoue avoir fait un million de fois pis que tous les Caïns du monde.

St. Abraham, priez pour moi. Vous savez, premier des patriarches, ce que j'ai fait pour vos Juifs. Je voulais qu'ils me prissent pour le grand

B

Cyrus; ou plutôt comme ils attendoient un messie conquérant et triomphateur, je croyois être leur affaire. Pourtant je n'ai été payé que d'ingratitude. Je m'étois fait donner le nom de *Père des Français*, et j'ai, de ma volonté privée, fait des Français presqu'autant d'Isaacs; mais d'Isaacs à la Jephté, car des anges (il y en auroit trop fallu) ne m'ont pas, comme à vous, arrêté le bras; ou selon l'imagination bien plus militaire d'un peintre qui vous armait d'un fusil, ne sont point venus pisser dans les bassinets.

St. Jean-Baptiste, priez pour moi. Vous baptisâtes dans les eaux du Jourdain quelques Israélites, moi j'ai baptisé dans des fleuves de sang des millions de Français, d'Italiens, etc... C'est bon, qu'un baptême de sang..... et j'ai distribué plus de palmes du martyre que de croix d'honneur..... Comme ils volaient à la mort !..... ils sont morts pour la Croix.

Sts. Innocents, priez pour moi, sur-tout vous autres Conscrits. Comme je vous lançais dans le feu, et vous tenais formés en bataillons carrés sous la mitraille ennemie ! Les officiers avoient ordre de vous flanquer l'épée à la main, et la gendarmerie de sabrer les fuyards. De vous faire battre..... C'était mon affaire, la vôtre, c'était de vous nourrir ; j'avais permis le pillage chez mes alliés, en France, comme chez l'ennemi, et je ne voulais de provisions à la suite de l'armée, que de canons, de boulets et de poudre.

Par votre sépulture, quant à la mienne elle m'inquiète moins que ce qui doit la précéder. Que ceci arrive le plus tard possible.

Mieux vaut Goujat debout qu'Empereur enterré.

Que je sois plutôt Goujat le reste de mes jours.

Délivrez-moi, Seigneur,

De la vue du duc d'Enghein. Je frémis à la pensée de ce crime, ou plutôt de cette faute d'où datent tous les maux qui n'ont cessé depuis de m'accabler.

De la vue de Pichegru, que j'exilai par jalousie, et que je fis étrangler pour le mettre dans l'impossibilité de révéler des vérités qu'il m'importait d'étouffer. S'il me proposait encore un cartel dans l'autre monde ; car il est terrible, ce Pichegru, et je n'aime me battre qu'avec les bras d'autrui.

De la vue du Général Moreau, qui me fit voir que l'opinion publique était encore la reine de France. Déjà je me cachai à St.-Cloud. Et si Moreau... Ce fut la dernière procédure politique que je fis instruire.

Délivrez-moi, Seigneur,

De la vue des brûlés de Moscou;

De la vue des pendus de Moscou, c'est-à-dire, des deux mille Moscovites que je fis pendre pour ne s'être pas laissé brûler vifs.

De la vue de quinze à vingt mille prisonniers Russes, que par décret je faisais fusiller sur la route à fur et mesure, qu'exténués de faim et de lassitude, ils ne pouvaient plus marcher.

De la vue de ma mère, qui vient, dit-on, de mourir du regret de son coffre-fort que je lui enlevai en partant pour Brienne.

De la vue de toute ma famille, que je démariai contre les lois de l'église, que je régifiai, proscrivis et persécutai de mille manières.

De la vue des pestiférés de Jaffa, que je guéris si promptement de tout mal; délivrez-moi, Seigneur.

De la vue du Saint-Père, à qui je donnai un soufflet, et que je traînai par les cheveux. *Délivrez-moi, Seigneur.*

De la vue..... De la vue.... Ah! donnez-moi aussi une île d'Elbe, je dresserai la liste de ceux que *je veux voir.* Mais m'obéiront-ils ? pourrai-je lever parmi eux la conscription ?

Je sue, j'écume... Spectres, que me voulez-vous ?... Quels abymes s'ouvrent devant moi ! Pour qui sont ces fourches, ces serpents, ces grenouilles noires ?

L'accès, qui fut très-long, étant passé, Buonaparte fut entraîné loin de Fontainebleau.

RÉVEIL

D'ÉPIMÉNIDE,

COMME je suis sujet à de longs sommeils, que les docteurs ont appelés léthargies, et qui durent quelquefois plusieurs années, j'ai la précaution, tous les matins, d'écrire sur mes tablettes la date du jour et de l'année, et le cours de la rente.

Je me couchai le 22 octobre 1812, dans ma rue de la Plume, vers les onze heures du soir ; Napoléon était à Moscou, ou du moins je l'y croyais encore, quoique je vienne d'apprendre que déjà il n'y était plus. Ma tête était exaltée, je ne voyais dans tant de succès, que la gloire nationale, et ne suis point du nombre de ceux qui ont pour éternel refrain : *je l'avais bien dit ;* quoique souvent ils aient dit tout le contraire. Je suivais déjà le héros à Constantinople, j'entrais avec lui au sérail, je consolais quelque

malheureuse, ce qui n'est pas un mal ; le Muphti
était détrôné, les Indes soulevées, et l'Angle-
terre attaquée au cœur, faisait la paix, ache-
tait nos vins, nous vendait son sucre à vingt
sous la livre, ce qui n'était pas si mauvais. Il
est vrai, j'y réfléchis maintenant, tout cela n'é-
tait pas si aisé, et nous devait coûter assez cher:
car il est possible que ceux qui, en Russie, n'au-
raient pas péri de froid, périssent de chaud
dans les régions brûlantes qu'il aurait fallu
traverser.

Jugez donc de mon étonnement, lorsqu'à
mon réveil, j'entends crier : *Discours du Sénat à l'empereur d'Autriche !* Je ne me fie
point à mes oreilles, et voyant pourtant que
je suis dans Paris, je m'achemine, tout pensif,
vers les Tuileries : une foule immense se pres-
sait sous les croisées du château, et criait :
*Vive Louis XVIII, vive le comte d'Artois,
vive le duc de Berri.* Un accès de curriosité
l'emporta sur mes résolutions précédentes,
j'achète un discours du Sénat, je confronte la
date avec celle de mes tablettes..... je fends la
presse, je reconnais le comte d'Artois; je cours

aux journaux, j'en emprunte vingt numéros ;
les six derniers jours de mars.... bon Dieu ! ma
rente.... (je cessais bientôt d'être rentier); et les
dix premiers jours d'avril, mes yeux se por-
tèrent aussi sur la rente, quelle hausse pro-
gressive ! bientôt la voilà au pair, m'écriai-je.
Vive Louis XVIII; car *item*, je ne connais
que ça, un Roi légitime hypothéqué sur quator-
ze siècles de possession, et la rente au pair. Je
dis cela maintenant, car je l'avoue, les belles
promesses de Napoléon m'avaient un peu
ébloui... comme les autres; je le croyais aussi
bien enraciné que le plus vieux chêne, et
quoiqu'avec mes amis, j'eusse toujours des
si, des *mais* à opposer à leur enthousiasme,
c'était plutôt par esprit de taquinerie, que par
véritable conviction. Voilà ma confession, si
l'on m'avait dit : veux-tu un Bourbon? j'aurais
répondu : donnez-le moi ; mais j'ignorais com-
plettement d'où et comment il nous viendrait.

Quels intervalles sont franchis ! quelle dif-
férence de langage ! on dirait le passage d'un
siècle à un autre, et d'Asie en Europe. Je fré-
quentai la société , je courus la ville et les fau-

bourgs ; comme je m'états éveillé gai, et que j'avais bien lu la hausse de la rente, que j'avais vu, de mes propres yeux, le comte d'Artois aux croisées des Tuileries, je vis et j'entendis tout de bonne humeur ; je vais le raconter de même, et chercherai avec toute ma bonhomie, à rapprocher les opinions, et à disposer mes compatriotes à des sentiments d'amitié et de confiance réciproque. *Les prés ont assez bu.....* Il est un temps pour la gloire; mais il en est un pour le bonheur. Je n'aurai point de tons aigus qui irritent, qui provoquent les querelles, et ne concilient point, car tout n'est pas encore à l'unisson.

Mes très-chers frères, (quoique quelquefois on ait abusé de ce mot), qui que nous soyons, grands ou petits, esprits guerriers ou pacifiques, ne réveillons point les chats qui dorment ; personne n'y gagnerait rien ; car tout est fini. Une grande partie de la France, sans m'y comprendre, n'a pas cessé un instant d'être Bourboniste. Ceux qui furent républicains ont eu le temps de revenir de leurs chi-

chimères ; tous ont besoin de se reposer sous le doux ombrage des Lys. Contents, livrons-nous à une joie douce, comme la révolution qui en est la source. Dans le cas contraire, résignons-nous à un ordre de choses que rien ne peut changer ; la Nécessité, avec ses cinq clous, n'impose pas de loi plus impérieuse. Après vingt-trois ans de troubles et de malheurs, nous revenons au point d'où nous étions partis, c'était le port qui abrita nos ancêtres. Qui oserait relancer le vaisseau de l'état en pleine mer ? Les téméraires qui l'entreprendraient, boiraient bientôt l'onde amère ; et cette fois, ils la boiraient seuls.

On dira : vous y gagnez la rente au pair.—Un moment, cela viendra, et vous-mêmes, qui croyez y perdre, n'y gagnez-vous rien ?... J'avouerai tout ce que vous voudrez ; car je n'approuve point tout-à-fait cette brochure, qui refuse tout à Napoléon. Est-il un grand Législateur ? — Non.— Grand homme d'État ? Non.—Grand Administrateur ? Non.—*Grand Capitaine ?*—Non.—Il y a deux ans qu'un allemand de Paris, qui correspondait avec un allemand de Berlin, je ne sais comment, me traduisait ainsi cette pièce : peut-être avait-on mangé son dîner, et lui, et Napoléon ne pouvaient plus vivre ensemble.

C'était surement là le *inde iræ*. L'auteur voulait tout prouver : il disait : « Napoléon, a fait de grandes choses, mais avec de grands moyens. Il trouva en France, plutôt qu'il ne fit d'habiles jurisconsultes, de grands administrateurs, de grands généraux, de grands orateurs..... de grands orateurs ! il n'en voulait qu'au conseil d'état. Le dix-huitième siècle et la révolution avaient mis en fermentation toutes les têtes. Ainsi après l'anarchie d'Athènes, les triumvirats de Rome, la Fronde et la Ligue de France, les Périclès, les Auguste, les Louis XIV virent briller de grands génies. Napoléon remporta de grandes victoires, mais toujours par la grande nation; avec la grande armée, avec cette armée doublement grande, et par le nombre et par ses habitudes qui étaient de vaincre, de toujours vaincre ; née et aguerrie dans les troubles civils, elle avait vaincu

avant lui et sans lui, et résisté à l'Europe, plusieurs fois coalisée toute entière contre la
France ».

Cependant il faut convenir que jamais capitaine n'inspira plus de confiance, plus de dé-
vouement à ses soldats : il les avait, j'ose le
dire, ensorcelés. Aujourd'hui même encore,
j'ai vu de vieux soldats pleurer de n'être pas
morts ou de ne pouvoir mourir pour le fantôme
qu'ils poursuivaient. Ce phénomène est sans
explication possible. Car jamais général ne
prodigua avec plus de facilité le sang de ses
soldats, ne les envoya si lestement, si gaîment
si nombreusement à la mort : ne s'occupa moins
de leur subsistance, ne les fatigua par plus de
marches forcées, ne les paya plus mal et si ir-
régulièrement, ne les abandonna plus souvent,
ne délaissa plus cruellement ses blessés et ses
malades.

Il est vrai ; jamais il ne se fit plus d'avan-
cements, jamais il ne se distribua plus de
décorations que sous ce règne d'un moment.
Mais jamais non plus autant de victimes ne

furent immolées. Jamais on ne jouit moins long-temps des récompenses militaires. Y a-t-il aujourd'hui plus d'officiers, y a-t-il plus de décorés qu'il n'y en avait, il y a dix ans ? Il y en a sans doute beaucoup moins : que sont devenus tant de braves ? ils sont morts. Une mère me disait hier : c'est dommage que l'Empereur ait fini sitôt. Mon fils allait avoir la croix. Malheureuse ! il allait mourir.... maintenant il serait mort, ou mourrait à une première ou à une seconde ou vingtième ou centième affaire, car c'était sans fin, et l'on avait défini un conscrit :

Un malheureux condamné à courir les camps
jusqu'à ce que mort s'en suive.

Que d'évènements se sont pressés pendant mon sommeil ! je frissonne encore à la pensée du vingt-neuvième bulletin d'épouvantable mémoire, aux détails de la retraite de Moscou, et de cette affiche : *Grande armée de cinq cents mille hommes perdue sur la route de Moscou à Kœnigsberg.* Je lis qu'une nouvelle grande armée, tout frappant neuve, passe le

Rhin, qu'elle fait des prodiges à Lutzen et à Bantzen; mais s'affaiblit et s'épuise..... qu'un armistice est conclu pendant lequel une troisième armée accourt remplir les cadres.... mais que l'Autriche..... qu'enfin toutes ces forces ne sont plus en rapport avec celles de l'Europe conjurée ; d'où les échecs inévitables éprouvés presque simultanément en Bohême, en Silésie, en Saxe et en Prusse, et la grande catastrophe de Leipsic.

Tout ce qui n'est pas tué, noyé ou captif.... fuit.... mais est attendu à Hanau. Quelle journée ! quelques débris de huit à neuf cents mille combattants repasseut le Rhin. Qui le croirait ? Le Corse, qui voulait se cacher derrière le dernier des Français, ose encore faire des appels à la nation. Violence ou prestige...... une quatrième armée parait sortir de terre.... mais déjà les libérateurs de l'Europe sont sur notre territoire. La Vérité marche sur leurs pas. La Générosité les accompagne, plus puissante encore que les armes. Ils nous ramènent les Bourbons. *Vivent les Princes alliés.*

Vivent les Bourbons : leur gouvernement

sera paternel comme celui d'Henry IV, qui ne fut point non plus étranger à la gloire, à cette gloire qui a pour but la justice, la liberté, l'indépendance des nations et le bonheur des peuples. L'Europe ne fait plus qu'un grande famille, transportée d'une même alégresse, et bientôt sans doute, il sera célébré dans le même esprit, et à une même époque UNE FÊTE EUROPÉENNE. Se trouvera-t-il un État, une province, une ville, un hameau, qui n'y prenne part ?

IsIDOR CHARVILLE.